KB201844

방앗잎 같은 여자

서형자

경남 고성 출생
한국방송통신대학교 국어국문학과 3년 재학 중
2021년 『경남문학』 신인상 등단
2023년 『문학청춘』 신인상
현재 마산문화원 청천시조학당, 경남시조시인협회, 한국시조시인협회,
마산문인협회, 문학청춘 작가회 동인지 회원
9988heart@naver.com

황금알 시인선 310

방앗잎 같은 여자

초판발행일 | 2025년 4월 11일

지은이 | 서형자
펴낸곳 | 도서출판 황금알
펴낸이 | 金永馥
주간 | 김영탁
편집실장 | 조경숙
표지디자인 | 칼라박스
주소 | 03088 서울시 종로구 이화장2길 29-3, 104호(동숭동)
전화 | 02)2275-9171
팩스 | 02)2275-9172
이메일 | tibet21@hanmail.net
홈페이지 | http://goldegg21.com
출판등록 | 2003년 03월 26일(제300-2003-230호)

방앗잎 같은 여자

서형자 시조집

황금알

후드득
빗방울, 통꽃이 떨어지는 소리

해안 절벽에 부딪혀 돌아오는 파도

사랑하는 것을 사랑하며 문 여는 날

멀리 있지 않은 시간과
아주 먼 곳에도 머물고 싶다

차 례

1부 별을 찾아 서성이는 꽃

2부 혈육의 정을 그리는 시선

3부 침묵 속의 자화상

4부 관조하는 삶의 지평

5부 습기를 머금은 것들은 굳어간다

1부

별을 찾아 서성이는 꽃

보기 드문 꽃

깊숙한 봄 길 따라
벙글어진 탱자꽃

발화는 가시만큼
쏟아낸 푸른 언어

아프다 많이 아팠다
눈부시게 환한 얼굴

봄을 피운 모란

지구는 눈만 뜨면 종일토록 바쁘다
앞뒤로 순서 없는 북새통 같은 하루
말갛게 겹쳐진 꽃잎 열린 봄이 다습다

황사 낀 누런 하늘 송홧가루 날린다
꽃 보러 나선 아이 눈가가 메마르고
끈질긴 자생력으로 비밀을 털어낸 입

비 갠 후 기지개 켠 샛노란 혓바늘
돌담에 옹기종기 보란 듯이 펼친다
스스로 몸살 앓는 날 깊어지는 그대 향

세상의 흰 꽃은

칼바람 부는 겨울 잔설은 녹지 않고
기억에 묻혀 있는 모든 것 피워낸다
무명씨 한 편의 시가 사라지기 전이다

지상으로 내려 온 첫눈의 흔적이다
넉넉한 품속 같은 어머니 흰머리 결
바람은 눈이 부시게 흩날리며 서 있다

밤하늘 오로라가 허용한 선의 경계
발하던 빛 사그라진 흐름으로 핀 몰아
물들되 물들지 않는 소금 같은 생이다

방앗잎 같은 여자

청춘에 방아를 물레처럼 돌린 그녀
사금파리 햇살 받은 이마가 눈부시다
소골댁 옅은 그림자 일렁이며 따른다

오뉴월 바람 따라 흔들리는 그 잎새
스스로 향을 숨긴 사연 많은 슬픔이다
저 능선 바라다보는 콩깍지를 벗겨 낸다

재실 뒤 대나무 숲 서걱대는 댓잎 곁에
지난해 소리 없이 퍼트린 소문 같은
파리한 낯빛의 방아 텃세를 비켜 앉았다

다리에 힘이 풀려 주저앉은 계단 끝
보드라운 살결로 보라의 꿈을 꾸며
입안에 푸른 물이 든 채 나뒹구는 그대다

풋 모과 달랑 한 개

벌레와 사귀었던
시간을 정리한다

성급한 친구들은
지상의 꽃이 되고

아직은 아쉬움 많아
오지게 버티는 나

능소화

하늘의 별을 보며
오르다 멈춘 발길

주위를 둘러본다
한 올씩 삼킨 바람

이제 사 나답게 웃는
여름날 돌담 풍경

모감주 꽃

새들이 쉬었다 간 횟수만큼 피었던가

낮달과 눈 맞춘 날 그토록 깊었던가

초록 비 온몸으로 맞고 몸을 떠는 저 침묵

동백꽃

바람이
떨구고 간
속울음 붉은 혈흔

그때의 부귀영화
낙화는
말이 없다

죽어도
아니 죽은 듯
쓸쓸함을 지우네

감꽃

첫맛은 잠시 쓰다
두 번째 맛은 달다

꽃으로 피었다가
세상모르고 떨어졌고

꿈꾸던
오종종한 언어
숨죽인 속삭임이다

산 감이길 기도했고
단감이길 노래했고

아니 아니야
대봉감이길 희망했다

짧은 생生
한때 꽃이었던
그 생애 눈부시다

머위꽃

이 세상 하나뿐인
폭죽이 팡 터진다

높은 하늘 향하여
낮은 키로 솟구친다

가까이
머금은 쑥 향
섞이지 않는 꽃 피운다

메별

밤하늘 별을 찾아
어둠 속 서성인다

아스라이 묻혀버려
빛을 감춘 틈 사이

반짝임
한 줄기 이식 후
거머쥐는 고운 손

등꽃 환한 날에는

솔바람 낮게 부는 흐린 하늘 쓸어낸 비
향수를 뿌린 듯한 멋 부린 보라 꽃등
밑동은 주저리주저리 쏟아낸 말 적는다

사월이 다가와서 포도주잔 기울이네
심장에 불붙은 듯 초점 없는 하얀 떨림
꽃잎은 떨어져 뒹굴다 눈빛을 감추는 밤

구절초

소나무 우거진 숲 안개가 흐른다
뽀얗고 가느다란 소녀의 길 강이 되고
바람은 징검다리로 한 걸음씩 넘실넘실

둥글게 맴을 돌 듯 하얗게 꽃을 열고
가슴에서 온몸으로 하늘을 향하는데
점점이 새겨진 도장 우주처럼 피었다

시구詩句가 돋아난 시집의 푸른 언어
풀풀 튀는 흙먼지 다시금 톡톡 튄다
감악산 빙 둘러치며 가을같이 웃는 너

탱자 가라사대

푸른 가시 면류관 하얀 기쁨 쏟아진다

세상의 흰 꽃은 찬란한 천사 날개

소설 속 비자림 숲길 깃털 같은 숫눈이다

2부

혈육의 정을 그리는 시선

30초 여자

따르릉 싱싱하게 울리는 긴 전화벨
안 봐도 알아채는 상대는 그 여자다
구십 번 휘몰아친 길 고드름처럼 달렸다

밥 뭇나 벌써 뭇지 엄마는 나도 뭇지
한 끼가 목매어 눈물 나게 흔든다
송송 썬 쪽파가 담긴 파릇한 간장 종지

불에서 그슬린 김 바삭한 부스러기
입가에 묻혀가며 소리 먹는 여린 아기
따따따 꽃 나팔 불 듯 환하게 웃는데

떠난 남자

지팡이 짚는 소리 아버지 흔적이다
태어나 혼자만의 특유한 미소 결이
낮게 뜬 낮달에 잠겨 내려보고 있나 보다

대지가 환한 오월 오롯이 태어난 당신
목련 뜰에 서성이다 고운 봄 길 따라나서
파릇한 잔디밭 위로 불현듯 핀 천일홍

세신사

청수탕 입장료는 퇴계 이황 여섯 장
십수 년 기운 몸이 어렵사리 탕에 든다
시대를 넘고 또 넘어 뜨겁게 담기는데

많다면 많은 것들 잃어버린 여자가
아직은 소식이 닿는 맨몸의 여자와
웃으며 해맑게 주고받는 긴 안부 눈물겹다

붉은 몸 허락받아 조심스레 옮기는 발
천장 향한 평상에 신음과 함께 눕는다
하얀 때
남몰래 내린 눈
줄줄 줄 소복소복

욕조 물 채워지기 전 뛰어든 그녀다
언제나 전쟁통인 속도는 두 배 속
외마디

아따 시원타
뼈가 녹는 안타까움

어제는 반자동인 어머님 백반증의 몸
오늘은 무장 해제된 울 엄마 넓은 골반
행군다
씻김은 사랑이다
반짝이는 두 눈빛

부고

큰 바다 내려다뵈는 바닷가 도로에 선
그 병실 창밖에만 보이는 작은 바다
파도가 피로에 쌓여 지쳐 누운 자시子時

바다의 허락 없이 만들어진 인공섬
덤프트럭 바퀴 닳도록 퍼부어 메워놓은 땅
바닷물 길이 바뀌고 병목에는 슬픈 울음

엉엉 콧물 흘리며 얼싸안고 울던 그들
입속의 혀가 굳고 허공 젓던 손 떨어지고
파도는 부고를 알렸다 그다음은 내 차례

다시 만날 수 있다면

모질게 차가운 밤 그 밤이 꿰맨 새벽
겹겹으로 껴입은 옷 몇 켤레 겹친 양말
눈물이 얼어버린 길 뚜벅뚜벅 헤쳐 걷는

사랑은 활활 타는 장작불 외치는 소리
잔재가 되지 않고 삭풍을 잠재운다
부서진 소금의 결정체 굳지 않는 조각상

햇솜 같은 날이 개니 눈 뜨는 바닷바람
입김을 반찬 삼아 한술 뜨는 아침밥
따끈한 십전대보탕 같은 시래깃국 감칠맛

반세기 거슬러 가 당신을 만난다면
돌아서 마주하는 새벽 별 불러들여
차갑게 식어가는 몸 뜨겁게 감싸주리

회상 그리고 지금

엄마가 되고 보니 그녀가 엿보인다
더하기만 하는 산수 뺄셈은 영 모른다
곱하기 부호 속에서 첨벙대던 어린 시절

약해진 척추가 구부정하게 휘어지고
뭐가 그리 미안한지 연신 인사한다
나누기, 으스러지도록 나누고 또 나눈다

비울수록 가볍고 줄일수록 홀가분한
더는 더 필요한 게 없다는 그 품새
한사코 손을 내젓는 앙상한 겨울나무

엄마가 만든 길 맨발로 따라간다
흙의 포근함이 솜사탕처럼 부드럽다
햇살에 잠시 펴는 허리 시간조차 멈춘다

말없이 웃는 결에 달콤한 옅은 미소

구멍이 숭숭한 가슴을 보듬으며
서로가 마주 잡은 손 영 놓을 줄 모른다

수액을 품어 안은 나무의 물관처럼
평생토록 고목은 하늘을 우러르며
해마다 애간장 녹이듯 시리도록 아린다

엄마

가진 것 별로 없는 가난한 집이라도
나오는 뭇 출판사 좋은 작품 신간 책
원 없이 읽다 잠드시고픈 당신의 작은 바람

하루를 잊더라도 그대의 마음대로
그 하루 온전하게 누리며 짓는 미소
해당화 넘쳐 핀 마당 흘린 눈물 해맑다

보슬비 싸락눈이 소리 없이 내리는 날
바싹하게 마른 날 혼자여서 적적한 날
뽀송한 함박눈 세상 길 밝힌 연한 화등火燈

산울림

꽃무릇 벙근 오동 아카시아꽃 해당화
가보지 못한 곳 도무지 가지 않는 곳
상상 속 벌써 닿은 발
용마산 자락이다

오래된 이층집 적산가옥 리모델링
반세기 나이 차이로 색이 바랜 흰 머리
넋처럼 잔잔한 물결 가끔은 파도타기

벽오동 긴 세월은 푸른 기둥 살찌우고
살굿빛 얼굴에는 검버섯이 돋아난다
쓸쓸한 뒤안길에도 꽃눈은 흩날리는데

310626

6.25 참전 유공자
키 작은 경상도 남자

강원도 연천군에서
탁류의 세월 씻다가

안착지
산청 호국원
층간소음 배려 층

* 연천군은 강원도 철원군에 속했으나 6.25 이후 군사적 목적으로 경기
도에 편입되었다. 현재 철원군으로 복귀하려고 진행 중이다.

옥수수 사연

정동댁 할머니는 치매가 왔다는데
그것도 같이 사는 큰딸이 소문낸 말
아들이 농사지어 보내온 강원도 표 옥수수

홀로 된 어머님 댁 출석을 매일 하여
말벗도 되어주고 노래도 함께 듣는
이생의 마지막 동반자 맑은 정신 알차시다

봉지 속 검은 비밀 네 개의 옥수수가
젊은 날 수염처럼 윤기가 넘쳐나고
냄비엔 야무지게 익은 두 권의 장편소설

접시에 옮겨 담아 남편 몫 챙겨 두고
여자 셋 모여앉아 제각각 맛보는데
잘 익은 찰진 옥수수 틀니같이 하얗다

하루의 힘

햇살을 끌어당긴 수다가 쏟아진다
저만치 밀려든 파도 수평선 지워내고
화폭에 주상절리 담아 석양으로 채색한다

여백에서 시작된 연필선 따라나선
마침표 호흡 자락 떨림에 흔들리다
뒤로는 물러날 수 없는 회전문이 멈춘다

길어진 그림자가 그림자를 지우고
진종일 여닫던 눈꺼풀이 닫힌다
기운다, 언제나처럼
힘을 **빼**는 하루다

문득, 봄

절필을 선언하듯 잊고만 살았는데
계절은 문득 다시 풀빛을 옮겨 놓네
연분홍 첫사랑처럼 설렘으로 물든다

잊은 줄 알았는데 발밑에 멈춰 앉은
작은 입 봄까치꽃 기쁜 소식 알리니
이 봄에 입학을 한다 조막손을 펼친다

잊어야 할 날이 와도 잊혀 가더라도
마음껏 피웠으니 이제는 다 괜찮다
봄날에 봄 햇살같이 봄밤 되어 스민다

온통, 유월이다

도도히 자라나는 수풀을 베어낸다
진물이 흘러나와 푸른 향 철철 묻힌
신록은 무성한 젊음
추앙의 길로 들어선다

지난해 외로움이 그리워 취해 마신
매실주 매화향은 봄빛을 물어와서
다도해 파란 물결로 일렁이며 답한다

서산에 서성이는 해거름 그림자에
땅거미 헤집고 온 이른 별이 흩어진다
중심은 어느 쪽에도 치우치지 않는 달

봄, 광녀

터져라 마구마구 피 터지듯 쏟아버려라
맨살이 드러나도록 속옷을 다 펼쳐라
스스로 훌훌 까발리며 미련 없이 터져라

월계관 푸른 영광 반환점 돌고 돌아
꽃씨는 원죄를 씻듯 허연 거품 삭인다
헝클린 DNA 염색체 헤벌쭉 흘리는 침

이마 위 바람결에 머리 한 올 비켜 붙어
저 밤에 꺾인 유채 꽁꽁 싸맨 검은 씨방
조아린 너의 긴 머리 하늘 높이 떠받쳐라

3부

침묵 속의 자화상

처음처럼

오래전 꽃제비가 물고 온 바랜 엽서
북풍이 거칠어서 봄밤에 찾아온 길
금빛의 부드러운 미소 서운암에 깃든다

오르는 길섶마다 가슴이 벅차올라
벙글은 꽃가지에 입꼬리 걸리더니
도자의 16만 대장경 헤아림이 울림이다

역마 낀 긴 장독대 발목이 접질리어
붕대를 친친 감은 나팔꽃 웃음처럼
진득한 토종의 손맛 때 알리는 풍경소리

신록을 노래하는 풀밭 속 곤충 악단
꽃잎이 감춰주는 벽장에 알을 품고
천년의 보리수나무 그 품 안에 머무네

시금치를 만나다

뿌리에 연분홍 꽃 연지곤지 찍은 듯
짙푸른 들녘으로 넓혀가는 춤 사래
뜨겁게 뒹굴던 정념 거품 같은 향기다

곱게 빚은 손맛에 융숭해진 깊은 맛
어머니의 어머니 그 어머니도 그랬듯이
오래전 음식의 역사 시리도록 푸르다

산화에 대하여

1.
겉과 속 분리되는 경계에는 씨앗이
공간에서 꿈을 꾼 검은 눈 노랑 희망
그 찰라, 조각난 생의 흔적 나눌수록 커지는 꿈

2.
우크라이나 청년의 피 바닥에 흥건히 눕고
앞서 나간 걸음 보가 뚝 멈춘 그림자에
남은 생 피우지 못한 붉은 열정 피었다

3.
흩어져 나부끼는 꽃잎을 바라본다
꽃이 된 꽃으로 핀 꽃이라 꺾여버린
바람은 그저 제 할 일 천명을 따르고 있다

소월의 진달래꽃 가시는 걸음걸음
무명씨 용사의 꽃 흩어지는 영혼마다

오색 빛 자유로 피어 대지 위에 솟아라

4.
사과라면 사족을 못 쓰는 둥근 그녀
바람을 불러들여 사위어진 붉은 뺨
태워진 검은 재 한 줌 사바세계 떠돈다

흔들리되 흔들리지 않는 나무

통유리 바깥으로 세차게 흔들리는
졸업을 며칠 앞둔 사회 초년생 같은
팽나무 뻗은 가지가 할 말이 많은가보다

언제나 든든하게 곁을 지켜 주던
쥐똥나무 하얀 꽃이 까만 열매 훑어내고
찾아 든 심비대 질환으로 숨 고르기 여념 없다

마냥 웃기만 하고 재잘거린 지난 시간
톱날에 베어지듯 흐르다 멈춘 멀건 구름
눈물로 싹 틔운 청춘 두 눈을 감고 만다

떠나 볼 요량으로 발 옮겨 보려는데
태생이 붙박이라 슬픔조차 사치 같다
더불어 흔들리지 않는 침묵 속의 자화상

인연설

청학루 바람 자락 살포시 앉혀놓고
화선지 여백 속에 더해진 그림 한 점
섬진강 뛰는 물고기 산란 장소 찾고 있다

낙엽인 양 떨어지는 뎅그렁 풍경소리
끔벅이는 목어의 눈 반야심경 독송 중
인연은 고목이 남긴 나이테의 톱밥이다

부처꽃 꽃말에 묻은 비늘 같은 사랑이
인시에 깨어나서 피우는 새벽 향불
삼배로 정진하는 터 화엄 성 중 불보살

검은 감을 매단 감나무

지난 일 그따위로 신경 쓰지 말아라
먹구름은 거센 비로 내렸다가 다시 갠다
살면서 살아내 가는 구도자의 험한 길

매섭게 불어대는 바람을 받아들인
무표정 돌부처에 먹물을 펴 바른다
가만히 올려다보니 별똥별이 떨어진다

쉼터를 내어 준 오래된 감나무에
까치가 남긴 상처 없는 저 감을 보아라
새까만 눈동자의 빛 사리舍利로 매달렸다

오월 마지막 일요일 이른 아침 풍경

감자꽃을 피운 감잣국을 먹습니다
아래를 내려다보는 1004호 그녀 눈길
불안한 음표를 가진 빗소리가 담깁니다

까치는 제집에서 갑갑해서 깍깍대고
인동초 향기는 젖는다고 응석 부리고
저만치 마산 앞바다는 백내장이 왔다고

무진정 낙화 축제 인파로 넘쳐나서
안내 문자 뜨기 전 되돌린 헛바람에
낙화는 지쳐 땅을 데운다
뒹구는 오월 끄트머리

낯선 오월

외마디 감탄사가 터져 나오는 길이다
바람 따라 비눗방울 날리는 투명한 낮
그려진 무지개 거품 아이가 뛰노는 터

낯선데 낯설지 않은 둥근 발음 오월이다
오라고 손짓하는 오로지 나만 찾는
익숙한 푸른 목소리 짙푸르다 검푸르다

밥 푸는 일

가을을 씻어서 황금빛 밥을 한다
거뜬한 오십인 분 은색 솥이 분주하다
휘파람 추를 돌리다 뚜껑 열면 생명이다

자루 속에 담겼다가 탈바꿈한 소용돌이
만 가지 병으로부터 힘을 얻어 피는 묘약
첫 밥은 모슬포항처럼 포슬포슬 부딪힌다

때아닌 꽃처럼 구수하게 나뒹군다
아코디언 펼쳐져 흘러나온 가락 같은
익숙한 마중을 본다 안 먹어도 부른 배

쌀의 겸허

찬물이 싫어서 손 대신 거품기다
서너 번 휘저으며 멈추길 기다리는
물속이 잠잠해진다
애벌과 마침이다

들판에 내려온 빛 흔쾌히 받아들인
넉넉한 땅에 심은 낟알의 속삭임
소리가 높아지는 날
황금이 물결친다

오늘을 딛기까지 잡초와 부대끼며
뜨거움 나누었고 빈 바람도 살폈다
긴 여정
생명을 위해 고개 숙인 알곡이다

취사 버튼, 밥 냄새 피워올린 눈부신 부활
사계절 건너 건너 쉼을 갖는 한 끼가
어쩌면 오늘을 살게 하는 따스한 불씨이다

머위의 꿈

이 땅에 포로로 날아든 깃털이다

씨앗은 싹을 올려 메타포 운율 탄다

연한 살
젖은 몸 풀어내며
세상을 읽는다

어린아이 받아쓰는 엷은 보라 말장난
실핏줄 엉켜 있듯 투명한 맑은 줄기
서가에 총총 박힌 별 잉크 묻은 책 한 권

불꽃 같은 꽃이 피고 화염이 사라진다
머나먼 땅속으로 펼쳐지는 긴긴 여행

꿈꾼다
이루지 못한 꿈
질기도록 푸르게

수세미의 씨앗

망가진 환경 속에 구멍이 숭숭한
환원을 시킨다며 속 비워 낸 몸뚱이
통째는 부담스러워 반으로 나누었다

거품을 씻어내는 헹굼의 단계에서
빠져나온 씨앗 한 톨 거름망에 걸린 후
던져진 검은 생명체 후손을 기약한다

외눈박이 모양으로 윙크를 던지며
흐르는 맑은 물에 이리저리 나 뒹굴다
이제는 돌이킬 수 없어 눈 감아 버렸다

시궁창을 벗어나 다시 돌아온 새봄
씨앗은 들썩들썩 흙담 아래 틈 비집고
우렁찬 울음소리로 푸른 싹 틔워낸다

파종

입하가 하루 지난 일요일 열한 시 경
담장에 노니는 백화 등꽃 발목 아래
한 줄로 고랑을 내어 오이씨를 묻는다

사흘은 하루처럼 빗속에 흠뻑 젖고
고문을 당해 내듯 잠기며 넘쳐난 비
스스로 내보이지 않는 길 축축함이 가득하다

욕조에 누운 듯이 흙 속에 남겨진 씨
초유의 젖통처럼 오늘 밤 퉁퉁 붇고
빛에서 양분을 얻어 함께 쓰는 생장 일기

더덕의 하얀 추억

대지의 젖줄 따라 고랑을 일궈낸 터
실바람 불어와도 훠이훠이 날아갈
초경량 고 작은 씨앗 흙 속에 앉는다

초롱꽃 닮았다고 눈길 한 번 더 받은 명命
부끄러워 고개 숙인 틈새만큼 굵어진 씨알
만남은 비를 맞이한 바람결의 숨 고르기

녹음처럼 짙은 고백 그리움 삭여낸다
추억은 물결 되어 푸르게 다시 돋고
한낮의 우편물 등기
솔숲에 전해진다

겨우내 언 땅에서 기다림을 배우던
잔뿌리는 고뇌처럼 얽히고설킨 단편 기억
박차고 봄을 뒤집은 천운의 뽀얀 미소

몇 촉의 가지 뿔이 잘려나간 생채기
엉겨 붙은 다함이 조금씩 멸해갈 때
향기는 진하디진한 진액으로 젖는다

4부

관조하는 삶의 지평

가을밤

느슨한 달이 뜨는
시월의 깊숙한 밤

물기가 채워지는
검푸른 달무리

하루가 마침표를 내 건다
지워버린 작은 점

아, 시월

발밑에 짓밟힌 길 숨죽인 음 소거 길

질경이 마른 꽃대 봄을 숨긴 제비꽃

걷는다, 아침 서리가 몸을 닦는 아침

그네

가만히 기다리는 발랄한 네게로 가
엉덩이 걸터앉아 박자 타며 흔들 때
갈수록 폭을 넓히며 노 젓는 가벼운 몸짓

소금처럼 빛나는 저 하늘 뭇별들은
소리의 사다리로 침묵을 깨워 놓고
살포시 깊은 가을밤 자리를 닦는 바람

목 놓아 울어대던 매미가 허물 남긴
팽나무 높은 가지 행적을 묻는 새가
깃털 속 식지 않은 시詩 읊조리며 앉았다

풍경

더없이 높은 땅에 초승달 내려앉고
물안개 스며들어 채질하는 실바람
물고기, 반짝이는 비늘 어슴푸레 새벽 진다

흐려도 해맑아서 저 멀리 보이는 날
노을은 해를 삼킨 버터처럼 녹아가고
스며든 구름무늬는 밤새워 수런댄다

하늘과 마주 보며 고운 노래 부른다
바람과 긴 어둠이 갈라지는 밤하늘
가없이 반짝거리며 돋아나는 저 샛별

낙타가 하고픈 말

모래 속 나의 삶을 어지간히 까발려라
지방을 혹이라 치부하는 신상 공개
입 닫고 눈꺼풀 내려 내일까지 걷는다

통속적인 대여는 말하지 않겠지만
해서는 안 되는 말 그러니까 금지어
등짐은 사막을 건너는 허물없는 최상의 벗

목로주점 흙바람 횡단하는 고비 바람
떠도는 영혼처럼 금빛 비명 알갱이
아직은 머무름 없는 직립 보행 방랑자

이월의 노래

이월의 노래는 바람의 노래이다
그림을 그리자면 물고기 그림이다
이월은 톱니 하나 빠진 채 비움으로 채운다

바람 달에 태어난 사내가 바람을 타고
바람 달에 태어난 그녀도 바람을 탄다
너울성 거친 파도는 허공에서 곡예 한다

바람은 제 탓이 아니라며 불어 대고
태어난 사람도 바람 탓을 하지 않는
이월은 모든 달 속에서 신바람을 낳는다

깨진 액정

낙하산 펼칠 시간
그 순간을 놓쳤다

손금처럼 터진 길
하루가 닫혀버린

추락 후
핏줄이 엉켜
결막염을 앓는 중

그 사월이다

파도가 부서지고 넛살이 흔들린다
한번은 뒤집혀야 마음을 다잡을까
중심추, 폭풍에 속수무책 잃을 건 다 잃었다

목련이 피고 져도 봄은 대를 이어간다
베르테르 슬픔도 세월호 깊은 한숨도
사월이 디딘 땅 위로 새잎은 꽃을 피운다

세월이 약이라고 그 흔한 말 접어두고
말라버린 기억도 상처로 되살아난
사월은 민들레 진물 같은 사투를 벌인다

사월아 부르는 소리 사월이 대답한다
사무친 가슴앓이 닳아서 다 헤진 혼
혼불은 밤 깊도록 훨훨 홀씨로 흩날린다

원 샷

테라가 엎어진 곳 칠 부 능선 그즈음
거품이 솟아나며 둥글게 차오른다
시작된 인두咽頭의 이완 서맥이 빨라진다

투 샷이 반복된다 눈빛은 게슴츠레
포용과 자비가 가득 차는 유리잔
딱 한 잔, 꼬부라진 혀 능수능란한 거짓말

겨울로 간 편지

한 달 뒤 도착하는 일 년 뒤 받아보는
재미가 쏠쏠한 엽서를 쓴 적 있다
여름이 겨울로 가는 편지지에 펜을 든다

소금의 결정체가 삭이던 그 뜨거움
입안의 혀끝에서 녹아들기 시작할 때
겨울은 무채색 비를 차갑게 쏟아냈다

길에서 잠시나마 싸한 냉기 감싸 안고
녹인 소금 딱풀 대신 비밀처럼 붙이는
봉투에 눈으로 찍은 소인 펼쳐보니 백지다

요금 별납

글씨가 묻은 봉투 흙빛을 쏙 닮았다
고요 속 텅 빈 터에 서서히 파고들어
한 송이 꽃잎을 따듯 펼쳐보는 책갈피

언제나 함께 하는 필연의 까닭으로
가끔은 훌쩍 떠나 성큼 다가서고픈
주소가 먼저 문 열고 가만히 앉았다

무언가 따끔하게 한 마디 던진 말
열매를 붉게 달고 매달린 채 흔들린다
때로는 밤을 뒤척여 소식이 열리는 창

자작나무

그녀의 등줄기는 줄무늬 사피巳皮 같다
아침 안개 줄지어 백두로 가는 길은
고요한 정적의 숲길
하늘로 뻗어간다

누군가를 기다리는 간절한 마음으로
그리움 한 겹씩 껍질을 비틀어대는
자작은 내면의 쉼터
자작자작 불태운다

천명처럼 뚜벅뚜벅 길 밝히는 은빛 등불
우렁찬 목소리로 용솟음을 기다린다
천지는 반가사유상
시어詩語 품고 머문다

절정

참매미 소리 찾아 개비리 길 걷는 날에
쏟아진 칠월의 비 흙탕물로 흐르고
켜켜이 층을 딛고서 망태버섯 망 씌운다

갈채가 쏟아지듯 대숲에 남은 함성
푸른 핏대 쑥쑥 뽑는 어엿한 대나무
다시금 하늘을 뚫고 여백을 채우는데

귀를 닦는 종소리 허공에 퍼져가고
주황빛 참나리꽃은 촉촉하게 젖는다
입맞춤, 산호랑나비 나풀나풀 신음 중

시월 한 페이지

바람이 드나드는 창가에 꽃이 되어
너덜난 바람의 결로 한 겹씩 걷는다
강가를 지나오던 날개
여운처럼 뿌리는 꽃씨

지그시 입 다물 듯 눈을 감노라니
눈부신 그 햇살이 눈 녹듯 감겨든다
숨 탄 것
삶의 무게는
메말라 간 연밥 통

5부

습기를 머금은 것들은 굳어간다

위양지를 거닐다

눈 속에 가득 차는
물빛을 좋아해서

산그늘 안고 사는
물그림자 닮은 그대

물비늘 먹이처럼 쪼아대는
이름 모를 작은 새

상천 저수지

물이 되기로 한

물결이 되기로 한

차가운 겨울 하늘

아주 낮게 누웠다

귀 열고

맨 처음으로

저수지가 된 하루

봉암 수원지

말없이 걷는 거는
곁에 미리 와 있는 거

그게 인기척이든
스칠 바람이든

햇살에 잘게 부수어진
윤슬마저 느끼는

우포에 달 뜨면

우포에 달이 뜨면
밤으로 가는 길이 열린다

언저리를 에워싼
짙푸른 풍등의 물결

그리움
차지게 질펀한
물안개로 오른다

보름달

묵정밭 황토는 거짓 아닌 참이다

소리 없는 이슬과 잔별의 뭇 서신

흐름은 보름마다 돋는 실오라기 선의 완성

두고 오다

물안개 피어나는 위양지 이른 아침
청둥오리 한 쌍이 물속에 감춘 발목
날갯짓 퍼덕이더니 퍼져 앉아 울고 있다

이팝나무 꽃송어리 촘촘히 엮어가고
수면 위 부는 바람 위로하듯 머문다
오늘도 하늘을 향해 오월은 노래한다

일출

돋섬 위 아침 해가 오늘로 솟아난다

어쩌면 내일은 모르겠다는 하루살이

말갛다
밤을 뚫느라
잠 한숨 못 잔 너

8월의 바다

지평선이 아니다 수평선도 아니다
높이에서 높낮이가 팔월은 무한이다
짙푸른 파랑의 깊이 스스로가 물든다

바람이 바싹 마른 체온을 길게 잰다
습한 몸 말리기엔 적당한 시간이다
소금은 굵고 짭조름한 뙤약볕의 결정체

자미화紫微花 팝콘 같은 꽃분홍 추억 소환
텅 빈 하늘 충만한 바다 실구름과 파도 소리
가슴엔 여행지 일기 담은 홀로의 섬 표류한다

비를 읽다

한산도 제승당에 몰아치는 비바람
세월이 붙들어 맨 그 시절 초상화
방명록 종이에 남긴 신록 같은 눈부심

키 높이 낮은 파도 함성을 내지르며
수면 아래 묻어두듯 역사를 품어놓고
갈매기 날갯짓 아래 부서지는 작은 거품

나란히 걸어가는 색색의 우산 길은
짙푸른 먹먹함과 젖지 않는 자유를
해풍이 비린 몸부림으로 고스란히 읽어낸다

물의 치유

습지에 내린 뿌리 갈대가 베어지고
열린 구멍 그 속에 채워지는 흙탕물
햇살이 재빠르게 앉아 상처에 덧칠한다

긴 여행 마치고 온 목이 짧은 자라가
위로차 문 두드리며 안부를 묻는 차에
참새는 그 가벼운 몸짓으로 사이렌을 울린다

둥근 눈의 잠자리 부들에 앉아 졸고
호수도 하품하며 스트레칭 몸 풀 때
바람은 빈 날개 내려 자생력을 돋운다

응시하다

저 새는 누구의 시 필사하다 떠났을까
잉크 대신 풀꽃 같은 웃음을 고이 묻혀
겨울날 보송한 눈밭 위로 시어 물고 다시 올까

창가에 바짝 붙은 담쟁이 마른 잎새
양식 같은 언어들을 부리로 콕콕 쪼아
행여나 찬바람에 놓칠까 유영하는 날갯짓

못내 그리운 날에는

꿈결에 잠들어도
빗장 걸지 마세요

울리는 종소리도
잠재우고 가리다

어둠 속 불을 삼킨 물
찬비 되어 내리리

습기를 머금은 것들은 굳어간다

오래전 빈 병에다 보관한 헤이즐넛
하루에 한 숟갈씩 줄어드는 까만 가루
일회용 초록과 노랑 점선 따라 찢는다

가문을 알 수 없는 백도 씨 문중으로
뜨거운 가슴에서 부르는 노래 한 소절
비로소 그리움 되어 파도치는 커피 향

몸속으로 들어가 흑갈색 길을 연다
카페인 스며드니 가빠지는 신경선
병뚜껑 파고든 엷은 습기 모가 난 바위 같다

물기를 머금은 채 가만히 나를 본다
나를 통해 너를 본다 너 안에 보이는 나
습기를 머금은 것들은 석고상처럼 굳어간다

사진 한 컷

그늘을 재빠르게 낚아챈 그림자를
사진에 담다 보면 그 속에 담기는 나
어둡단 회색 언어로 말하기에는 가볍다

구름이 구름을 삼켜 우묵해진 초승달

잔잔한 물결처럼 어우러져 흘러내린

오롯이
셋에서 멈춘
그 찰나가 담기는데

지상에 피는 꽃, 시조로 피운 꽃
— 서형자 시조집 『방앗잎 같은 여자』에 부쳐

김 복 근

　사람들은 꽃을 좋아하고, 그 아름다움을 노래한다.
꽃은 스스로 아름답다고 내세우지 않고, 누구에게 봐
달라고 하지 않지만, 사람의 마음을 끌어당기는 묘한
마력을 지니고 있다. 같은 토양에서 같은 햇볕을 쬐며
같은 물을 마시고 살면서도 갖가지 모양과 다양한 색
으로 피어오르는 모습을 보면 정말 경이롭기 짝이 없
다. 독일의 시인 괴테는 "하늘에는 별이 있고 땅에는
꽃이 있다. 사람에게는 사랑이 있어야 한다."고 말했
다. 그렇다. 하늘에 아름다운 별이 있다면 지상에는
아름다운 꽃이 있고, 사람의 마음에는 아름다운 사랑
이 있어 이 험한 세상을 기꺼이 살아가게 한다.
　꽃은 자연의 아름다움과 생명력을 상징한다. 계절
의 변화 속에서 피고 지는 꽃의 모습은 삶의 순환과

강한 번식력을 떠올리게 된다. 꽃은 인간에게 심미적 즐거움과 심리적 안정, 지혜로운 영감을 제공한다. 꽃은 자신의 아름다움을 넘어 다양한 의미와 생명의 가치를 함의하고 있다. 꽃의 생명력은 생물학적 기능에 그치지 않고, 철학적, 심리적, 문화적 가치로 그 외연을 넓히기도 한다.

꽃은 씨앗이 발아하여 싹을 틔우고, 꽃을 피우고, 열매를 맺고 다시 씨앗을 퍼뜨리는 과정을 통해 자연스럽게 생명을 이어간다. 벌과 나비는 꽃에서 꿀과 화분을 채취하고, 꽃은 이들을 통해 가루받이한다. 꽃은 눈으로 보는 색감과 코로 느끼는 향기를 통해 인간의 감각을 자극하여 심리적 안정을 제공한다. 밝고 화사한 색감의 꽃은 우리의 뇌를 자극하여 긍정적인 감정을 일으키고, 우울감을 완화하는 효과가 있다. 식물학자들의 연구에 의하면 꽃은 스트레스를 줄이고, 불면증을 해소하는 효과를 준다고 한다. 미적 아름다움을 넘어 삶의 질을 높이고 사유의 폭을 넓히는 계기가 되기도 한다.

서형자는 꽃의 아름다움과 삶의 질곡에 대해 관심이 많다. 그가 보여주는 시조에서 꽃이 차지하는 비중은 꽤 높다. 단순히 노래하는 것에서 그치지 않고, 생태적 원리를 고구하며 자신의 삶과 대비하기도 한다.

별을 찾기 위해 꽃을 바라보며 지상을 서성거리기도 하고 혈육의 정을 그리는 다사로운 시선을 보인다. 침묵 속의 자화상을 그리면서 관조하는 삶의 지평을 넓혀간다. 그런 과정에서 습기를 머금은 것은 굳어진다는 원리를 발견한다. 꽃이 피고 지는 모습에서 강한 생명력을 느끼기도 하고, 덧없음을 상정하면서 삶의 의미를 되새기는 영감을 얻고 있음을 본다. 지상에 피는 꽃과 인간의 삶을 보면서 시조로 꽃을 피우는 그의 시작詩作 활동이 자못 흥미롭다.

1. 별을 찾아 서성이는 꽃

화무십일홍花無十日紅이라는 말이 의미하듯이 꽃의 생애는 그리 길지 않다. 그러나 짧은 생애지만 최선을 다해 꽃을 피우는 모습에서 아름다움을 발견할 수 있다. 극한적인 환경에서 피어나 강인한 생명력을 보인다. 척박한 땅에서 피어나는 들꽃을 보면서 우리 인간은 어려움을 극복하는 삶의 의지와 철학을 배우기도 한다.

지구는 눈만 뜨면 종일토록 바쁘다
앞뒤로 순서 없는 북새통 같은 하루
말갛게 겹쳐진 꽃잎 열린 봄이 다습다

황사 낀 누런 하늘 송홧가루 날린다
꽃 보러 나선 아이 눈가가 메마르고
끈질긴 자생력으로 비밀을 털어낸 입

비 갠 후 기지개 켠 샛노란 혓바늘
돌담에 옹기종기 보란 듯이 펼친다
스스로 몸살 앓는 날 깊어지는 그대 향
— 「봄을 피운 모란」 전문

　서형자의 「봄을 피운 모란」은 아프고 혼란스러운 봄
을 노래하고 있다. 우리나라의 봄은 대개 3월 중순에
시작된다. 바람이 세고 건조해서 먼지와 황사가 사방
으로 날리기도 한다. 북서풍이 꽃샘추위를 몰고 올 경
우는 강한 바람이 불어온다. 일교차가 큰 편이어서 적
응하기가 쉽지 않다.
　화자의 봄은 제목부터 반어법을 사용하여 의도적으
로 청자를 혼란스럽게 만든다. 「모란을 피운 봄」이 아
니고, 「봄을 피운 모란」이다. 우리는 흔히 겨울이 가고
봄이 오는 것은 관념적으로 고생이 끝나고 행복한 날

을 시작한다는 비유로 사용하는 경우가 많다. 그러나 화자가 말하는 봄은 기쁨과 환희의 봄이 아니다. '지구는 눈만 뜨면 종일토록 바쁘다/ 앞뒤로 순서 없는 북새통 같은 하루'가 열리고 '다행히 말갛게 겹쳐진 꽃잎 열린 봄이 다습'하다. 그러나 2수에 오면 '황사 낀 누런 하늘 송홧가루'가 날리어 '꽃 보러 나선 아이 눈가가 메마르고/ 끈질긴 자생력으로 비밀을 털어낸 입'은 텁텁하기만 하다. '비'가 개면 '기지개 켠 샛노란 혓바늘'이 돋아나 '돌담에 옹기종기' 펼쳐진다. '스스로 몸살'을 앓고서야 '깊어지는 그대 향'을 느낄 수 있다.

봄이 되면 계절성 우울증 환자가 늘어나고, 자살하는 사람 또한 30%가 봄철에 나온다고 한다. T.S.엘리엇의 말처럼 봄이 드는 4월은 '잔인한 달' 그대로 인 것 같다.

이런 현상은 '탱자꽃'을 보면서 '발화는 가시만큼/ 쏟아낸 푸른 언어'처럼 '아프다 많이 아팠다'며, '눈부시게 환한 얼굴'(「보기 드문 꽃」)을 보인다. '물들되 물들지 않는 소금 같은 생'(「세상의 흰 꽃은」)을 살며, '벌레와 사귀었던 시간을 정리'하면서 '아쉬움'이 '많아/ 오지게 버티'다가 '바람이/ 떨구고 간/ 속울음 붉은 혈흔'에 '낙화는/ 말이 없'고, '죽어도/ 아니 죽은 듯/ 쓸쓸함을 지우'(「동백꽃」)기도 한다. '벌레와 사귀었던/

시간을 정리'하고 '성급한 친구들은/ 지상의 꽃이 되'
어 '오지게 버티는 나'(「풋 모과 달랑 한 개」)를 본다.

　　　하늘의 별을 보며
　　　오르다 멈춘 발길

　　　주위를 둘러본다
　　　한 올씩 삼킨 바람

　　　이제 사 나답게 웃는
　　　여름날 돌담 풍경

　　　　　　　　　　　　　　-「능소화」 전문

　화자는 '여름날 돌담' 위로 뻗어가는 아름다운 꽃
「능소화」를 보면서 '주위를 둘러'보던 바람이 '한 올씩
삼킨 바람'이 되어 '하늘의 별을 보며' '발길'을 멈추는
것으로 노래한다. 이런 현상은 「몌별」에서도 이어진
다. '밤하늘 별을 찾아/ 어둠 속 서성인다// 아스라이
묻혀버려/ 빛을 감춘 틈 사이// 반짝임/ 한 줄기 이식
후/ 거머쥐는 고운 손'으로 섭섭하게 헤어짐을 읊조렸
다. '초록 비 온몸으로 맞고 몸을 떠는 저 침묵'(「모감
주 꽃」) 속에서 '오종종한 언어/ 숨죽인 속삭임'을 나누
다 '짧은 생生/ 한때 꽃이었던/ 그 생애 눈부시'어(「감

꽃』) '이 세상 하나뿐인 폭죽'(『머위꽃』)을 터뜨리기도
한다.

'발하던 빛 사그라진 흐름으로 핀 몰아/ 물들되 물
들지 않는 소금 같은 생'(『세상의 흰 꽃은』)을 살면서 꽃
의 생명력은 단순한 아름다움을 넘어 삶의 역경을 헤
쳐가며 희망을 발견할 수 있다는 메시지를 전하기도
한다.

꽃의 생명력은 단순하게 자연이 현현하는 것이 아니
라, 삶의 가치를 알려주는 귀중한 교훈으로 다가온다.
자연 속에서 꽃이 보여주는 회복력, 심리적 안정감,
상징적 의미는 우리가 일상에서 종종 간과하기 쉬운
소중한 것들을 다시금 돌아보게 한다. 화자는 꽃의 생
태를 통해 자신이 사유하는 삶의 철학을 노래하면서
그에 대한 생명력을 이해하고 이를 삶에 적용함으로
써 더 풍요롭고 의미 있는 삶을 실증적으로 보여준다.

2. 혈육의 정을 그리는 시선

인간은 태어나면서 천륜에 의해 부모와 자식 간의
인연이 생성된다. 부모 자식의 관계에 따라 삶의 형태
는 다양하게 표출된다. 부모는 자녀를 기르고 가르쳐

야 하는 임무를 안고 있다. 치열한 경쟁 사회에서 당당하게 살아갈 수 있는 사람을 만들기 위해 정성을 쏟게 된다. 자녀는 가족의 헌신과 희생, 사랑을 일일이 헤아리지 못하지만, 나이가 들어 부모의 입장이 되면서 자연스럽게 깨닫게 된다. 화자는 현대적인 어조와 어투로 부모와의 관계 미학을 절절하게 묘사하고 있다. 혈육의 정을 그리는 그의 시선視線은 다사롭다.

> 청춘에 방아를 물레처럼 돌린 그녀
> 사금파리 햇살 받은 이마가 눈부시다
> 소골댁 옅은 그림자 일렁이며 따른다
>
> 오뉴월 바람 따라 흔들리는 그 잎새
> 스스로 향을 숨긴 사연 많은 슬픔이다
> 저 능선 바라다보는 콩깍지를 벗겨 낸다
>
> 재실 뒤 대나무 숲 서걱대는 댓잎 곁에
> 지난해 소리 없이 퍼트린 소문 같은
> 파리한 낯빛의 방아 텃세를 비켜 앉았다
>
> 다리에 힘이 풀려 주저앉은 계단 끝
> 보드라운 살결로 보라의 꿈을 꾸며
> 입안에 푸른 물이 든 채 나뒹구는 그대다
>   ─「방앗잎 같은 여자」 전문

표제작 「방앗잎 같은 여자」는 눈길을 끄는 가작이다. 방아는 배초향排草香이라고도 하는데, 다른 풀들의 향기를 밀어낼 정도로 향기가 강한 식물이다. 남부 지방에서는 향신료로 많이 사용하지만, 독특한 맛과 향을 내뿜기에 호불호가 갈리기도 한다.

화자는 어머니를 「방앗잎 같은 여자」에 비유한다. 「방앗잎 같은 여자」는 젊었을 때는 '방아를 물레처럼 돌'리며, 향신료처럼 독특한 삶을 살았다. '햇살 받은 이마가 눈부시'기도 했지만, 세월 따라 '그림자가 일렁이'게 되자 '스스로 향을 숨'긴 채 '사연 많은 슬픔' 속에서 '콩깍지를 벗겨 낸다.' 세월은 흘러 '파리한 낯빛의 방아 텃세를 비켜 앉'게 되고, '다리에 힘이 풀려 주저앉은 계단 끝'에 도달하게 되지만, 절망하지 않고, '보라의 꿈을 꾸며/ 입안에 푸른 물이' 들기도 한다. 화자의 어머니는 독특한 개성을 가졌던 것으로 유추된다. 그 삶이 자신에게로 전이되어 화자와 어머니, 세상의 다른 여성으로 확산하는 이미지를 보여준다.

서형자 시조인은 시적 대상을 객관적으로 바라보는 시안詩眼을 가졌다. 우리가 살아가는 주변에는 수없이 많은 사물과 사람들이 존재한다. 너무 흔하게 보여 거기에 있었는지 알아차리지 못할 정도여서 그 존재를 잊기도 한다. 이런 일상의 무심한 존재에게 보내는 화자의 시선은 독특하게 향상화 된다.

「30초 여자」를 보자. '긴 전화벨'이 울린다. '안 봐도 알아채는 상대는 그 여자'이다. '밥 뭇나 벌써 뭇지 엄마는 나도 뭇지'라는 대화를 통해 여자가 엄마인 줄 알게 한다. '송송 썬 쪽파가 담긴 파릇한 간장 종지'를 보면서 '한 끼가 목매어 눈물 나게 흔든다'. '김'을 '입가에' 묻히는 '아기' 같은 모습으로 '꽃 나팔 불 듯 환하게 웃는' 모습을 그리면서 엄마가 퇴행성 질환을 앓고 있는 환자임을 암시한다.

이런 상황은 「세신사」에 오면 더욱 절절해진다. '많다면 많은 것들 잃어버린 여자가/ 아직은 소식이 닿는 맨몸의 여자와/ 웃으며 해맑게 주고받는 긴 안부 눈물겹다'. 때를 밀고 탕으로 들어가면서 '아따 시원타' 한 마디 던지는 입말로 '뼈가 녹는 안타까움'을 표출한다. '무장 해제된 울 엄마 넓은 골반'을 헹구면서 '씻김은 사랑'임을 확인한다.

퇴행성 질환을 앓는 노령인구가 많아지면서 야기되는 사회 문제를 화자는 자신의 어머니를 빌어 표출함으로써 청자의 공감을 산다.

지팡이 짚는 소리 아버지 흔적이다
태어나 혼자만의 특유한 미소 결이

낮게 뜬 낮달에 잠겨 내려보고 있나 보다

대지가 환한 오월 오롯이 태어난 당신
목련 뜰에 서성이다 고운 봄 길 따라나서
파릇한 잔디밭 위로 불현듯 핀 천일홍

-「떠난 남자」 전문

어머니는 자녀들의 보육과 양육을 책임지면서 가족을 내조하고 가정에서 생활한다면 아버지는 외부에서 경제적인 지원을 아끼지 않고 위험으로부터 가족을 보호하는 것이 전통적인 가정의 모습이었다. 어머니는 집안에서 자녀들과 보내는 시간이 많아 자녀들과 친밀감을 쌓기가 쉬웠다. 그렇지만 아버지는 주로 바깥에서 생활함으로써 가족과 공유하는 시간이 적기 때문에 가족들과 이해와 의사소통에 어려움을 겪기도 한다. 시대가 바뀐 지금도 어머니와 아버지의 이미지에 대한 원형은 그대로 남아있음을 본다.

아버지에 대한 화자의 기억은 상당히 객관적이다. 화자는「떠난 남자」에서 평소에 보지 못했던 아버지를 바라보는 시선. 당신이 존재했던 그때, 그곳엔 언제나 '지팡이 짚는 소리'를 내는 '아버지 흔적'이 있었음을 찾아낸다. 세상 떠난 아버지를 남자로 회상한다. '낮게 뜬 낮달에 잠겨' '특유한 미소'의 '결'로 내려다보고 있다면서 아버지가 이 세상에 존재하지 않음을 암시한다. '대지가 환한 오월 오롯이 태어난 당신'이 '목련 뜰에 서성이다 고운 봄 길 따라나서' '파릇한 잔디밭 위로 불현듯' '천일홍'을 피운다.

「310626」에 오면 화자의 시선은 더 객관적으로 바뀐다. 제재는 숫자로 기억되는 아버지의 주민등록번호이다. 아버지는 '6.25 참전 유공자'였으며, '키 작은 경상도 남자'였다. '강원도 연천군에서' 참전하면서 '탁류의 세월'을 보냈다. 이러한 공로로 '안착지/ 산청 호국원'에 안장되어 '층간소음'을 '배려'하는 것으로 객관화되고 있다. 아버지는 힘든 삶을 살았지만, 소외되고 이해받지 못하는 게 현실이다. 화자가 어머니에 대한 시조를 아버지보다 많이 읊조린 것은 부계 사회의 그림자가 남아있는 가족구조에서 아버지의 존재를 조명하는 자연적 현상을 보인다.

3. 침묵 속의 자화상

자화상은 자기를 탐색하며 자기를 나타내려고 하는 의미가 있다. 자화상을 그릴 때는 무의식중에 자신이 생각하는 모습과 다른 사람에게 보여주고 싶은 모습을 반영하게 된다. 자화상은 자아를 비추는 거울이고, 성찰하는 과정을 담아내는 그릇이다. 화자는 그 과정에서 자신의 삶을 그리면서 자아와 동행하며 침묵 속의 가치를 실현하고자 하는 자아를 시조로 보여준다.

통유리 바깥으로 세차게 흔들리는
졸업을 며칠 앞둔 사회 초년생 같은
팽나무 뻗은 가지가 할 말이 많은가보다

언제나 든든하게 곁을 지켜 주던
쥐똥나무 하얀 꽃이 까만 열매 훑어내고
찾아 든 심비대 질환으로 숨 고르기 여념 없다

마냥 웃기만 하고 재잘거린 지난 시간
톱날에 베어지듯 흐르다 멈춘 멀건 구름
눈물로 싹 틔운 청춘 두 눈을 감고 만다

떠나 볼 요량으로 발 옮겨 보려는데
태생이 붙박이라 슬픔조차 사치 같다
더불어 흔들리지 않는 침묵 속의 자화상
　　　　　　－「흔들리되 흔들리지 않는 나무」 전문

때는 겨울이다. 일조량이 적으면서 낮의 길이가 가장 짧은 계절이다. 낮은 짧고 밤이 길다. 겨울은 상대적으로 춥고 어두워 고난과 역경을 상징한다.

화자는 추위에 떨고 있는 팽나무를 보면서 「흔들리되 흔들리지 않는 나무」라는 반어적 제목으로 청자의 눈길을 끈다. 창밖에는 '사회 초년생 같은/ 팽나무 뻗은 가지가' '말'을 하고 싶어 '세차게 흔들'고 있다. 팽나무는 햇빛과 그늘 어디서든 잘 자란다. 성장이 빠르며 뿌리가 강건해 강풍이나 태풍, 해풍에 강하다. 그러나 그 나무도 겨울은 견디기가 힘이 든다. 팽나무는 추운 겨울을 이기기 위해 나뭇잎을 다 버리고, '언제나 든든하게 곁을 지켜 주던 쥐똥나무'마저 '하얀 꽃이 까만 열매 훑어내고/ 찾아 든 심비대 질환으로 숨 고르기'에 '여념'이 없다. 이웃에 있는 '쥐똥나무'마저 '심비대 질환'을 앓고 있어 도움을 청할 수 없는 지경이다.

화자는 3수에서 '마냥 웃기만 하고 재잘거린 지난 시간'을 회상하듯 '톱날에 베어지듯 흐르다 멈춘 멀건 구름/ 눈물로 싹 틔운 청춘'이라며, '두 눈을 감고 만다'. 자신의 삶과 결부시키면서 한평생 살아온 척박한 연고지를 떠나 새로운 삶을 찾아 '떠나 볼 요량으로 발 옮겨 보려는데/ 태생이 붙박이라 슬픔조차 사치 같다'며, 떠나고 싶어도 떠나지 못함을 안타까워한다. '흔들리지 않는 침묵 속의 자화상'을 그리며 절망을 희망으로 반전시켜 시조 읽기의 재미를 더해준다.

1.

겉과 속 분리되는 경계에는 씨앗이

공간에서 꿈을 꾼 검은 눈 노랑 희망

그 찰라, 조각난 생의 흔적 나눌수록 커지는 꿈

2.

우크라이나 청년의 피 바닥에 흥건히 눕고

앞서 나간 걸음 보가 뚝 멈춘 그림자에

남은 생 피우지 못한 붉은 열정 피었다

3.

흩어져 나부끼는 꽃잎을 바라본다

꽃이 된 꽃으로 핀 꽃이라 꺾여버린

바람은 그저 제 할 일 천명을 따르고 있다

소월의 진달래꽃 가시는 걸음걸음

무명씨 용사의 꽃 흩어지는 영혼마다

오색 빛 자유로 피어 대지 위에 솟아라

4.

사과라면 사족을 못 쓰는 둥근 그녀

바람을 불러들여 사위어진 붉은 뺨

태워진 검은 재 한 줌 사바세계 떠돈다

－「산화에 대하여」 전문

산화는 꽃이 떨어진다는 의미이지만, 어떤 대상이나 목적을 위하여 목숨을 바치는 것, 특히 전쟁에서 장렬하게 사망하는 것을 말하기도 한다. 산화는 흩을 산散에 꽃 화花, 혹은 빛날 화華를 쓴다.

서형자는 꽃이 떨어지는 것과 전쟁터에서 장렬하게 죽어가는 것을 중첩함으로써 전쟁의 참화를 고발하고 있다. 1수에서는 '씨앗'이 싹트는 장면을 보면서 꿈을 갖고 태어나는 새 생명을 노래한다. 그러나 2수에서는 전쟁터에서 희생된 '우크라이나 청년의 피'가 '바닥에 흥건'하다는 상황적 묘사를 통해 '남은 생 피우지 못한 붉은 열정'을 안타까워한다. 3수에서는 '흩어져 나부끼는 꽃잎을' 보면서 '꽃이 된 꽃으로 핀 꽃'이 꺾였는데, '바람은 그저 제 할 일'만 하는 것으로 '천명을' 따른다고 했다. 심지어 '소월의 진달래꽃 가시는 걸음걸음' 사뿐히 뿌려 주면서 '무명씨 용사의 꽃 흩어지는 영혼마다/ 오색 빛 자유로 피어 대지 위에 솟'기를 염원한다. 그러나 주검은 안타까운 것. '태워진 검은 재 한 줌 사바세계'를 떠도는 영혼을 위해 회심곡을 읊조리고 있다. 부드럽지만 안타까워하는 화자의 마음이 절절하게 다가온다.

이런 현상은 '인시에 깨어나서' '새벽 향불'을 피우기(『인연설』)도 하고, 무표정 돌부처에 먹물을'(『검은 감을

매단 감나무」)바르기도 한다. '연한 살/ 젖은 몸 풀어내
며/ 세상을 읽'(「머위의 꿈」)다가 '생명을 위해 고개 숙
인 알곡'(「쌀의 겸허」)이 되어 '돌이킬 수 없어 눈'(「수세
미의 씨앗」)을 감기도 하고, 진하디진한 진액으로'(「더
덕의 하얀 추억」) 젖어 들어 말 없는 말로 자신의 염원
을 노래한다.

4. 관조하는 삶의 지평

관조하는 삶이란 화자가 표현하고자 하는 글에 등
장하는 특정한 질료와 일정한 거리를 두고, 대상을 차
분하고 담담하게 바라보고 음미하면서 느낌이나 의미
를 드러내는 것을 말한다. 화자는 감정을 직접 표현하
지 않고, 감정의 절제와 간접성을 유지한다. 자신의
주관을 객관화하여 고요한 마음으로 사물을 관찰하
고, 그 대상을 객관적이고 공정하게 평가하거나 비판
하면서 보이지 않으면서 물체의 내면세계까지 들여다
보려는 의지를 보인다.

파도가 부서지고 볏살이 흔들린다
한번은 뒤집혀야 마음을 다잡을까

중심추, 폭풍에 속수무책 잃을 건 다 잃었다

목련이 피고 져도 봄은 대를 이어간다
베르테르 슬픔도 세월호 깊은 한숨도
사월이 디딘 땅 위로 새잎은 꽃을 피운다

세월이 약이라고 그 흔한 말 접어두고
말라버린 기억도 상처로 되살아난
사월은 민들레 진물 같은 사투를 벌인다
-「그 사월이다」 전문

   화자가 관조적 태도로 시조를 읊조리면 청자는 작품에 대해 자유롭게 해석하게 된다. 화자는 자신의 감정이나 생각을 직접 표현하지 않고, 간접적으로 전달하기 때문에, 청자는 자신의 상황이나 경험, 지식 등을 바탕으로 작품의 의미를 다양하게 해석할 수 있다. 이렇게 하면 청자는 시조와 더욱 친밀한 관계를 맺을 수 있다. 예를 들어, '파도가 부서지고 볏살이 흔들린다' '목련이 피고 져도 봄은 대를 이어간다' '사월이 디딘 땅 위로 새잎은 꽃을 피운다'와 같은 구절에서는 화자가 자신의 감정이나 의도를 명확하게 밝히지 않기 때문에 청자는 자기화하여 재해석하게 된다.

   봄은 자연 현상도 그러하지만, 인간의 삶도 힘들고

어려움이 점철된 계절이다. '폭풍에 속수무책 잃을 건 다 잃'어버린 아픔의 계절이다. '목련이 피고 져도 봄은 대를 이어'가고, '베르테르 슬픔도 세월호 깊은 한숨도. 사월이 디딘 땅 위로 새잎은 꽃을 피운다'. 저어려운 사월의 상황을 객관적으로 묘사함으로써 독자가 재해석할 여지를 만들어준다.

글씨가 묻은 봉투 흙빛을 쏙 닮았다
고요 속 텅 빈 터에 서서히 파고들어
한 송이 꽃잎을 따듯 펼쳐보는 책갈피

언제나 함께 하는 필연의 까닭으로
가끔은 훌쩍 떠나 성큼 다가서고픈
주소가 먼저 문 열고 가만히 앉았다

무언가 따끔하게 한 마디 던진 말
열매를 붉게 달고 매달린 채 흔들린다
때로는 밤을 뒤척여 소식이 열리는 창
－「요금 별납」전문

「요금 별납」에서도 같은 현상을 볼 수 있다. 화자의 주관이나 선입견을 감추거나 왜곡하지 않고, 대상을 있는 그대로 보여주거나 사실에 기반하여 표출하고 있음을 본다. '글씨가 묻은 봉투 흙빛을 쏙 닮았다/ 고요 속 텅 빈 터에 서서히 파고들어/ 한 송이 꽃잎을 따듯 펼쳐보는 책갈피'라고 묘사하면서 명사로 끝을 낸다. 2수에서도 같은 현상을 보인다. '언제나 함께 하는 필연의 까닭으로/ 가끔은 훌쩍 떠나 성큼 다가서고픈/ 주소가 먼저 문 열고 가만히 앉았다'고 한다. 삶을 관조하는 양상은 3수에서도 이어져 '무언가 따끔하게 한 마디 던진 말/ 열매를 붉게 달고 매달린 채 흔들린다/ 때로는 밤을 뒤척여 소식이 열리는 창'이라고 객관성과 공정성을 유지하면서 묘사하는 것으로 끝맺는다. 화자는 관조적 태도를 보이면서 자신의 의도를 독자에게 강요하지 않고, 작품에 등장하는 대상의 심미적 가치를 강조하면 청자는 시적 대상을 자유롭게 판단하여 깊이 있고 풍부하게 인식하게 된다.

　이런 현상은 '질경이 마른 꽃대 봄을 숨긴 제비꽃'(『아, 시월』)에서도 볼 수 있고, '더없이 높은 땅에 초승달 내려앉고/ 물안개 스며들어 채질하는 실바람'(『풍경』)에서도 볼 수 있다. '떠도는 영혼처럼 금빛 비명 알갱이/ 아직은 머무름 없는 직립 보행 방랑자'(『낙타가 하고픈 말』)가 되어 '살포시 깊은 가을밤 자리를 닦는 바람'(『그네』)을 접하기도 하고, '딱 한 잔, 꼬부라진 혀 능수능란한 거짓말'(『원 샷』)을 보이면서 '그녀의 등줄기는 줄무늬 사피樹皮'(「자작나무」)를 보는 데서도 쉽게 찾아볼 수 있다.

5. 습기를 머금은 것은 굳어진다

고체는 녹아서 액체가 되고, 액체는 굳어서 고체가 되기도 한다. 세상에 존재하는 모든 물질은 구성 입자의 굳기에 의해 구분된다. 그 입자는 가까이 있다가 멀어지기도 하고 다시 가까워지면서 변화한다. 이런 현상에 의해 「습기를 머금은 것은 굳어진다」. 물체의 물리적인 현상처럼 인간의 삶도 맥락을 같이 하는 경우를 본다. 화자는 사람의 삶도 촉촉하게 젖어 있다가 때로는 단단하게 굳어지는 양상의 시조로 그려낸다.

　　습지에 내린 뿌리 갈대가 베어지고
　　열린 구멍 그 속에 채워지는 흙탕물
　　햇살이 재빠르게 앉아 상처에 덧칠한다

　　긴 여행 마치고 온 목이 짧은 자라가
　　위로차 문 두드리며 안부를 묻는 차에
　　참새는 그 가벼운 몸짓으로 사이렌을 울린다

둥근 눈의 잠자리 부들에 앉아 졸고
호수도 하품하며 스트레칭 몸 풀 때
바람은 빈 날개 내려 자생력을 돋운다
                              －「물의 치유」 전문

　「물의 치유」는 물이 가진 자연 치유력을 노래한 시
조이다. 물은 자연스럽고 부드러운 성질에 의해 환경
문제를 해결한다. 물은 자연을 치유하는 힘이 있고,
자율 신경계에 긍정적인 영향을 주기도 한다. 물속의
오염 물질까지 자연 치유력에 의해 적절하게 조율하
는 능력이 있다. 물의 기능은 자연의 대사를 촉진하
며, 생체 항상성을 유지하고 체내 독소나 발암물질의
농도를 낮춰주고 각종 오염을 예방하기도 한다. 인간
은 자연을 훼손하여 물의 치유력에 손상을 입히는 경
우가 있다. 이를 안타까워하는 화자는 '습지에 내린
뿌리 갈대가 베어지고/ 열린 구멍 그 속에 채워지는
흙탕물/ 햇살이 재빠르게 앉아 상처에 덧칠한다'면서
'긴 여행 마치고 온 목이 짧은 자라가/ 위로차 문 두드
리며 안부를 묻는 차에/ 참새는 그 가벼운 몸짓으로
사이렌을 울린다'는 경고성 메시지를 보낸다. 이를 본
'잠자리'는 '부들에 앉아 졸고' '호수'도 '하품'을 하다가
'스트레칭'을 하면서 '바람은 빈 날개 내려 자생력을

돋운다'고 했다.

화자의 사려 깊은 통찰력으로 물이 햇살과 교감하면서 자연스럽게 치유하는 힘을 찾아내는 모습에서 관조하는 힘을 발견할 수 있다. 물의 자연 치유력은 말 그대로 특별한 외적 치료 없이도 자연스럽게 치유하는 힘을 말하기에 그 한계를 벗어나지 않도록 해야 함을 강조하는 생태주의 계열의 시조로 볼 수 있다.

오래전 빈 병에다 보관한 헤이즐넛
하루에 한 숟갈씩 줄어드는 까만 가루
일회용 초록과 노랑 점선 따라 찢는다

가문을 알 수 없는 백도 씨 문중으로
뜨거운 가슴에서 부르는 노래 한 소절
비로소 그리움 되어 파도치는 커피 향

몸속으로 들어가 흑갈색 길을 연다
카페인 스며드니 가빠지는 신경선
병뚜껑 파고든 엷은 습기 모가 난 바위 같다

물기를 머금은 채 가만히 나를 본다
나를 통해 너를 본다 너 안에 보이는 나
습기를 머금은 것들은 석고상처럼 굳어간다
　　　　　　　　－「습기를 머금은 것들은 굳어간다」 전문

「습기를 머금은 것들은 굳어간다」는 현대적 감각과 모순 어법을 사용하여 눈길을 끄는 가작이다.

물질은 한 가지 상태로만 존재하는 것이 아니라 다른 상태로 변화한다. 물질의 변화는 크게 물질의 성질이 바뀌지 않는 물리적 변화와 물질의 성질이 바뀌는 화학적 변화로 나누어진다. 「습기를 머금은 것들은 굳어간다」는 물리적 변화와 화학적 변화를 공유하고 있어 시조 읽기의 재미를 더해준다.

'오래전 빈 병에다 보관한 헤이즐넛'이 '까만 가루'로 바뀌는 것이 물리적 변화라면, '가문을 알 수 없는 백도 씨 문중으로/ 뜨거운 가슴에서 부르는 노래 한 소절/ 비로소 그리움 되어 파도치는 커피 향'이 되는 것은 화학적 변화라 할 수 있다. '몸속으로 들어가며 흑갈색 길을' 여는 것은 물리적인 변화이고, '가빠지는 숨결 따라' '모가 난 바위'가 되는 것은 화학적 변화이다. 그러다가 다시 '물기를 머금은 채 가만히 나를 보'면 '습기를 머금'고 '석고상처럼 굳어'가는 물리적 변화를 보게 된다.

이 작품은 물리적 변화와 화학적인 변화를 적절하게 사용하여 변화로 끝나지 않고 변화시킨 후 다시 변화하면서 물질 변화의 다양성을 노래한다. 결국, 상태 변화를 통해 고체가 액체가 되는 물리적인 변화와 '카페인 스며드니 가빠지는 신경선'과 같은 화학적인 변화를 하다가 다시 무생물을 인간의 삶과 견주어 의인화하는 다양성을 보이고 있다.

젖었다 굳어지고 굳었다 다시 촉촉해지는 서형자 시조의 변화는 '산그늘 안고 사는/ 물그림자 닮은 그대'(「위양지를 거닐다」)와 '언저리를 에워싼/ 짙푸른 풍등의 물결'(「우포에 달 뜨면」)이 됐다가 '묵정밭 황토는 거짓 아닌 참'(「보름달」)으로 '소금은 굵고 짭조름한 뙤약볕의 결정체'(「8월의 바다」)로 형상화된다. '짙푸른 먹먹함과 젖지 않는 자유를/ 해풍이 비린 몸부림으로 고스란히 읽어'(「비를 읽다」)내면서 형이상학적 심상을 그려내기도 한다.

서형자는 주변에 있는 사물은 감정이 있고, 그들이 겪어온 삶의 이야기가 우리 주변을 채우고 있다는 생각을 하는 시조인이다. 우리가 보고, 듣고, 느끼고, 생각하듯 사물 또한 제 나름의 감각으로 세상을 지각하고 있다는 것이다. 현실의 어려움 속에서도 새로운 가능성을 찾아내는 긍정의 힘을 가진 그의 시조는 가성으로 빚어내는 단순 기교가 아니라 가슴을 울리는 육화의 산물로 보인다. 사물의 내면세계를 눈여겨 바라보는 그의 세심함은 꽃의 아름다움과 별을 보는 그리움의 시선으로 시조의 꽃을 피운다. 꽃은 자연의 아름다움과 생명력을 상징한다. 저간에 쌓아온 삶과 사유방식으로 사물에 대한 깨달음을 비빔질 하여 어둠의 시대를 밝히는 해맑은 꽃의 시조인이 되기를 기대한다.